Onderdanige Schrijver

Erika Sanders

serie

Overheersing en erotische onderwerping

1

Samenvatting

Samantha's grootste angst was dat iemand haar op deze foto's zou herkennen.

Dit probleem werd echter opgelost door een dun masker te dragen.

Het masker was klein en bedekte alleen zijn ogen en neus, wat goed genoeg was om hem anoniem te houden.

Onderdanige schrijver is een roman met een sterk erotisch BDSM-gehalte en wederom een nieuwe roman uit de Domination and erotic Submission-collectie, een serie romans met een hoog romantisch en erotisch BDSM-gehalte.

(Alle personages zijn 18 jaar of ouder)

Noot voor de auteur:

Erika Sanders is een internationaal bekende schrijfster, vertaald in meer dan twintig talen, die haar meest erotische geschriften, ver van haar gebruikelijke proza, ondertekent met haar meisjesnaam.

Inhoudsopgave:

ONDERDANIGE SCHRIJVER
ERIKA SANDERS

EERSTE DEEL
DE REACTIE

HOOFDSTUK I

Samantha's grootste angst was dat iemand haar op deze foto's zou herkennen.

Dit probleem werd echter opgelost door een dun masker te dragen.

Het masker was klein en bedekte alleen zijn ogen en neus, wat goed genoeg was om hem anoniem te houden.

Ze maakte verschillende poses voor de fotograaf.

Het was een klassieke opnamesessie met een onderdanige toon.

Verschillende touwen bonden lichtjes haar kleine en slanke lichaam, dat was bedekt met een dunne zwarte jurk.

Haar polsen waren ook vastgebonden en nu werden er foto's gemaakt van haar liggend op de grond.

Het was een kunstsessie van een semi-beroemde lokale fotograaf die de portretten in verschillende kunstgalerijen verkocht.

'Heel leuk', zei de fotograaf en liep weg. 'Draai je om. Op je buik. Goed. Draai je om.'

Het was het leukste dat Samantha in lange tijd had gehad.

Ze rolde om als een bondagepuppy.

Toen rolde ze terug.

Ze had een lichte glimlach op haar gezicht en leefde haar verbeelding.

De fotograaf zag Samantha's glimlach, glimlachte terug en nam meer foto's.

'Ik denk dat we klaar zijn voor vandaag,' zei hij, terwijl hij de camera liet zakken. "Je was uitstekend."

Ze stond op en liep naar hem toe met haar polsen naar voren gericht.

'Ik heb alleen gedaan wat je me opdroeg,' glimlachte hij.

De fotograaf maakte haar polsen los en bevrijdde ze uiteindelijk van alle touwen van bondage.

Er waren kleine rode vlekken op zijn polsen.

'Het spijt me. Misschien heb ik het iets te strak gemaakt.'

Ze schudde haar hoofd en deed haar masker af.

'Maak je geen zorgen. Ik denk dat ik te hard heb getrokken. En de vlekken zullen snel vervagen.'

"Sterke meid."

"Over stoer gesproken, is er een mogelijkheid voor extra werk?"

"Het hangt ervan af," antwoordde de fotograaf. 'Over een paar weken is er een kunsttentoonstelling. Als je portretten verkopen, zou ik je graag inhuren voor meer foto's.'

Ze lachte.

"Ik kijk er naar uit."

HOOFDSTUK II

Nadat ze zich had aangekleed, ging Samantha meteen naar haar slaapkamer.

Er was nog veel schoolwerk te doen.

De meest uitdagende les van het semester was haar cursus creatief schrijven, die zich richtte op het schrijven van volledige verhalen.

Dit was de klas waar hij het meest aan wilde werken, omdat het hem de kans gaf om te schrijven.

Ze hield van schrijven.

En op een dag wilde ze schrijfster worden.

Het belangrijkste was dat het hem een platform gaf om zijn eerste roman te schrijven onder leiding van een prominente professor.

Hij was een leraar die ze had bewonderd lang voordat ze haar klas bezocht.

Hij was een leraar die verschillende boeken had geschreven waar Samantha graag opgroeide.

Deze oude boeken hadden invloed op Samantha's schrijfstijl en ze was blij dat hij de kans kreeg om ze les te geven.

Ze was klaar met het schrijven van een schets voor het volgende verhaal dat ze op haar bed had verzonnen.

Hij moest het voor hun volgende ontmoeting naar de professor sturen.

Na uren schrijven en nadenken werd Samantha's trancetoestand geschokt toen er een paar keer op de muur werd geklopt.

Ze was zijn lieve kamergenote en beste vriendin sinds de middelbare school, alleen gekleed in een handdoek en haar haar pas gedroogd na een douche.

'Schrijf je nog steeds je spullen?' Vroeg Vicky.

"Oh zeker, ik ben er nog steeds mee bezig."

'Hoe zijn je foto's vandaag gegaan?'

Samantha stak haar duimen op.

"Redelijk goed."

"Ik zou graag het nieuwe boek zien."

'Wacht, laat me eens kijken of hij het al naar mij heeft gestuurd.'

Samantha opende snel haar Gmail-account en zag enkele nieuwe e-mails.

Er was een e-mail van de fotograaf die het bestand erin opende en downloadde.

Er waren in totaal achtendertig foto's.

'Ik stuur het je daar meteen naartoe,' zei Samantha. 'En laat me weten wat je ervan vindt. Persoonlijk vind ik het een heel goede zaak. Ik vind het leuker dan wat ik de vorige keer deed.'

Samantha waardeerde natuurlijk de mening van Vicky over de kwestie, aangezien haar vriendin zelf veel modellenwerk had gedaan en ze ook van plan was ooit als ontwerpster in de mode-industrie te gaan werken.

Vicky liet de handdoek vallen en bleef naakt staan.

'Ik zal het later bekijken. Heb je al gedoucht? Dit feest is over een uur.'

"Oh shit."

Vicky deed een beha aan.

'Het is een van die dagen, is het niet?'

"Verdomme, wacht."

Samantha opende snel haar e-mail en stuurde een sms naar de leraar.

Ze voegde het Word-document toe en publiceerde het.

Toen opende Samantha nog een e-mail en schreef snel een bericht naar Vicky.

Ze voegde het bestand met de achtendertig foto's van de onderdanige slaaf toe en stuurde de e-mail.

Toen sloot Samantha haar laptop en sprong uit bed.

Hij liep langs zijn halfnaakte kamergenoot naar de kleine badkamer, die een beetje vochtig was geweest sinds Vicky hem net had gebruikt.

Hij kleedde zich uit, stapte de douchecabine in en draaide de kraan open om een waterval van heet water te laten vallen.

Terwijl Samantha bezig was met het inzepen en shamponeren van haar haar, overwoog ze haar volgende schrijfproject en ontmoette ze de leraar.

Hij dacht erover na hoe hij zijn werk aan haar zou uitleggen.

Hoe ze het zou presenteren.

Hoe moet hij zichzelf uitdrukken?

De belangrijkste punten die je wilde overbrengen, zodat de leraar je gedachten zou begrijpen en je hopelijk de broodnodige goedkeuring en begrip zou geven.

Hij dacht ook aan kleine dingen, zoals wat hij aan zou trekken.

Ze wilde er elegant maar gedurfd uitzien zonder de verkeerde signalen af te geven.

Ze wilde er slim uitzien zonder te gespannen te zijn.

Hij wilde ook niet te simpel of gemakkelijk klinken, anders zou hij het respect van de leraar verliezen.

Ze moest er goed uitzien.

Misschien zou ik Vicky later om haar mening hierover vragen.

Samantha draaide de kraan dicht, droogde haar haar en ging terug naar de slaapkamer, waar Vicky al was aangekleed en haar eigen laptop gebruikte.

"Wat vind je van de foto's?" Vroeg Samantha en keek in haar kast.

'Bedoel je je brief?'

'Nee, natuurlijk op mijn foto's.'

'Nou, je hebt me per ongeluk je brief gestuurd,' schreef Vicky. 'Het ziet er best goed uit. Ik ben geen goede lezer, maar ik zou dit boek kopen als je het schrijft.'

Samantha verstijfde.

Zijn ogen werden groot en zijn maag zakte in elkaar.

Hij haastte zich naar zijn laptop en controleerde zijn Gmail-account.

Hij controleerde zijn verzonden e-mail om het bericht te zien dat hij naar de leraar had gestuurd.

Toen keek hij naar de bijlage.

"Oh God".

Ze bedekte haar mond met haar hand toen ze besefte dat ze de professor per ongeluk de achtendertig foto's van slavernij had gestuurd.

"Mijn ... leven ... is ... verpest", kreunde Samantha, terwijl ze op haar bed in elkaar viel en wilde huilen.

"Shit, heb je deze foto's net naar je leraar gestuurd?" Vicky lachte op een grappige manier.

Samantha verborg haar gezicht in het kussen.

"Ik wil er niet over praten."

"Kijk aan de goede kant. Als hij een normale jongen is, zal hij je waarschijnlijk een A geven voor de les. Het nadeel is dat je waarschijnlijk aan zijn lul zult moeten zuigen. Als hij niet sexy is, kun je het doen. Je weet het. jij, dat allemaal. leraar / student thema ".

'Ik zie hem morgen. God, ik hoop dat hij me niet zal aangeven omdat ik seks wilde aanvragen of zoiets. Ik zou van school kunnen worden gezet.'

"Is er een regel tegen het verzenden van inzendingsfoto's naar de docent?" Vroeg Vicky.

"Ik weet het niet."

'Nou, je hebt supersnel gedoucht. Misschien heb ik hem nog niet gezien. Waarom bel je hem niet en zeg je dat hij je e-mails niet moet lezen?'

Samantha ging rechtop zitten, met tranen in haar ogen.

"Jij bent een genie."

Hij zocht het mobiele telefoonnummer van de leraar op in het lesprogramma, maar in tegenstelling tot andere leraren was het er niet.

De enige manier van handelen zou zijn om te bidden dat je het nog niet hebt gezien.

Ze stuurde van tevoren nog een waarschuwing.

Ze stuurde een e-mail met het bijschrift: OPEN DE ANDERE E-MAIL NIET

"Leraar,

Ik ben Samantha Morgenochtend hebben we een afspraak. Ik heb je zojuist nog een e-mail gestuurd. Ik hoop oprecht dat je het niet hebt geopend. Zo niet, doe het dan alsjeblieft niet. Als dat zo is, spijt het me zeer. Het was een ongeluk.

Hier stuur ik je mijn brief.

Ik hoop dat deze fout onze academische relatie niet in gevaar brengt. Ik ben nog steeds van plan je morgen te zien om het schrijfproject te bespreken.

Beste wensen,

Samantha ".

Daarna voegde hij het schrijven toe aan het bestand en controleerde hij of hij het deze keer goed had gedaan.

Zodra het bericht was verzonden, viel Samantha weer op het bed.

Ze merkte dat haar handdoek opengebarsten was en haar linkerborst gedeeltelijk bloot lag, maar het kon haar niet schelen.

Hij had nog een feest voor zich.

Maar hij had geen idee of hij ooit weer plezier zou hebben.

HOOFDSTUK III

Net voor de ochtendbijeenkomst ging Samantha zitten door wat kleren uit haar kast te trekken.

Kaki broek, een wit overhemd met knopen en een donker gilet.

Informeel maar stijlvol.

Haar haar zat achterover in een paardenstaart en ze droeg minimale make-up.

Het laatste wat hij wilde, was erotische vibes uitstralen, vooral na die vreselijke e-mailfout die de professor ook niet beantwoordde.

Ze ging naar zijn kantoor in het geesteswetenschappelijk gebouw.

Daar aangekomen zag hij door de glazen deur de professor die met de computer achter zijn bureau zat.

Samantha was een beetje geïrriteerd dat de professor achter haar computer zat en dat hij nooit de moeite nam om haar een antwoordmail te sturen.

Nou, dacht hij, dat zou hem een deel van de onhandigheid hebben bespaard.

Hij klopte op de deur om haar aandacht te trekken.

'Op tijd', zei de professor. 'Doe de deur dicht en ga zitten.'

De professor was veel ouder dan zij.

Misschien was ze in de veertig of vijftig, twee keer zo oud.

Hij was heel knap met een streng en sterk gedrag.

Er was een vleugje wijsheid in hem die duidelijk maakte dat hij een zeer intelligent persoon was.

Hij deed de deur dicht en ging in de stoel voor het bureau van de professor zitten.

Hij zat rechtop en in een perfecte houding terwijl het onderwerp van de e-mail in zijn hoofd bleef hangen.

Ze vroeg zich af of hij erover zou beginnen of niet.

Tot dusver leek dit niet het geval te zijn.

In plaats daarvan legde de professor een stuk papier op het bureau.

Het was een papieren versie van Samantha's huiswerk met handgeschreven aantekeningen.

'Ik ben ouderwets,' zei hij. 'Ik schrijf liever op papier en maak aantekeningen met een pen. Zullen we nu beginnen?'

Ze knikte.

"Van nature."

"Ik kom ter zake, ik hou van je ideeën. Het verhaal van een jonge vrouw die haar weg in het leven vond, komt erg terug, maar dit is een nieuwe wending. Als ik het me goed herinner, zei je op de eerste dag van de cursus 'Je wilde toch romanschrijver worden?'

Ze knikte.

"Zo is het."

'En je zei dat je van deze roman je eerste roman wilde maken die je hopelijk ooit zult publiceren. Klopt dat?'

"Dat klopt helemaal. En dat heb ik je niet verteld, maar ik ben eigenlijk een grote fan van je boeken. Ze inspireren me. En ik stel je feedback erg op prijs."

'Ik waardeer de vriendelijke woorden,' zei hij op kalme toon. "Ik ben hier voor jou en al mijn andere studenten. Daarom werd ik leraar om al mijn kennis door te geven aan de volgende generatie schrijvers."

Samantha keek hem aan met een mengeling van bezorgdheid en angst, alsof ze diep vernederd was om daar gewoon te zitten.

"Er is iets fout?" vroeg de leraar.

Ze verzamelde haar moed.

'Heb je gisteravond de e-mails gelezen?'

'Natuurlijk wel. We zullen je typen bespreken, toch?'

Ze voelde zich een idioot.

'Niet deze e-mail. Ik verwees naar de andere e-mail die per ongeluk is verzonden. Er was een bijlage. Heb je deze gedownload?'

'Het is mijn taak om te zien wat de studenten me sturen. Dus ja, toen ik de bijlage zag, opende ik hem.'

"Heb je mijn foto's gezien?" Vroeg Samantha retorisch.

'In de koptekst van je e-mail stond dat het je huiswerk was. Ik ben geen gedachtenlezer, Samantha. Ja, ik heb je foto's gezien. Maar schaam je niet.'

Ze slaakte een zucht van verlichting.

'Dus je bent niet teleurgesteld in mij?'

"Waarom zou ik?"

'Omdat je student aan een prestigieuze universiteit poseert voor dit soort foto's.'

'Ik veroordeel mensen niet omdat ze andere wegen verkennen,' antwoordde hij. 'Dat is waar het leven om draait, is het niet? Zoek uit wat je leuk vindt en wat je niet leuk vindt, en neem dan beslissingen.'

"Heel erg bedankt."

"Waarom?"

'Bedankt dat je geen idioot bent,' zei hij. 'Excuseer mijn taalgebruik, maar ik weet zeker dat andere professoren aan deze universiteit me van school zouden hebben gestuurd. Of dat, of ze zouden om orale seks vragen of zoiets.'

'Eigenlijk stond ik op het punt om uw diensten aan te vragen.'

Ze was verrast.

"Ernstig?"

'Ik maak maar een grapje. Je hebt waarschijnlijk gelijk. Andere leraren hebben deze e-mail misschien geïnterpreteerd als een seksueel verzoek. Maar ik ben niet zoals andere leraren. Ik begrijp dat mensen fouten maken met e-mails.'

'Hoe zit het met de foto's zelf?' Zij vroeg. 'Denk je dat het een vergissing van mij is?'

"Zij doen?"

Samantha zat rechtop en uitdagend.

'Nee, ik weet het niet. Ik ben trots op de foto's die ze van me hebben gemaakt. Ik vind ze mooi en artistiek.'

'Als u dat denkt, over wie moet ik dan oordelen?'

'Ik ben blij dat we dat hebben ontdekt,' antwoordde ze opgelucht.

'Waarom neem je dat niet op in je roman? Je hebt gezinspeeld op seksualiteitskwesties voor het verhaal dat je wilt schrijven. Dus waarom zou je daar niet iets van opnemen? Je hoeft niet in detail te treden, maar praat over je eigen verkenning.'

'Eerlijk gezegd weet ik niet of ik het kan.'

"Heb je enige levensstijlervaring met deze foto's?", Vroeg hij.

Zij schudde haar hoofd.

"Niet echt ".

"Waarom niet, als ik het mag vragen?"

Samantha dacht even na.

"Ik heb nog nooit iemand gevonden die ik kan vertrouwen. Ik bedoel, seks hebben is één ding, maar onderwerping is iets anders. Ik denk dat het veel intiemer is en alleen met de juiste persoon mag worden gedeeld."

"Daarom vind ik je leuk. Je bent slim, getalenteerd en sterk. Er zijn veel idioten. Maar een echte relatie tussen meester en onderdanige is gebaseerd op vertrouwen en genegenheid. De meester moet de onderdanige respecteren. Er moet vertrouwen zijn. Alleen dan een Onderdanig kan volledig vrij zijn om los te laten. "

Er verscheen een glimlach op haar gezicht.

"Hoe weet je dat allemaal?"

"Meestal praat ik er niet over, maar ik ben een meester geweest voor verschillende vrouwen in mijn leven. De vrouwen waren erg onderdanig en gaven me volledige gehoorzaamheid. In ruil daarvoor zorgde ik emotioneel en seksueel voor ze. Het waren relaties die waren gebaseerd op vertrouwen en." wederzijds begrip. "

Even was Samantha onder de indruk.

Ze verwachtte dat de afspraak op kantoor pijnlijk ongemakkelijk zou zijn.

In plaats daarvan kreeg ze een seksueel gevorderde lerares die ze blijkbaar begreep.

'Oké,' zei ze. 'Ik denk dat hij gelijk heeft. Het is logisch om een aantal van deze dingen in mijn schrijfproject op te nemen. Niet alles over slavernij natuurlijk, maar zelfreflectie en ontdekking.'

De leraar vouwde het papier op.

"Nu heb je niet al mijn aantekeningen nodig omdat het verhaal is veranderd. Maar neem ze mee. Ik stel voor dat je een nieuw verhaal zoekt voor de tweede helft van je roman, samen met een nieuw einde. Veel studenten vinden deze cursus op zichzelf. inzichtelijk. Je leert over jezelf terwijl je schrijft. Dat is wat ik leuk vind aan lesgeven. '

Een gevoel van teleurstelling overviel Samantha toen de juf het opgevouwen papier voor haar neerlegde.

"Is onze bijeenkomst voorbij?" Zij vroeg.

'Ja. Natuurlijk moet je delen van je verhaal veranderen, dus mijn opmerkingen daar zijn in wezen nutteloos.'

'Kunnen we elkaar nog een keer ontmoeten? Ik wilde nog steeds met je praten over wat schrijftips.'

'We kunnen de brief bespreken zodra je je complot hebt afgerond.'

Samantha kreeg een nieuw gevoel van vertrouwen en begrip.

Het was als een openbaring.

Zijn liefde voor slavernij en schrijven kwamen blijkbaar voor het eerst samen.

Ze knikte.

'Bedankt voor alles. Jij bent de beste.'

'Waarom heb ik het gevoel dat je iets van plan bent?'

'Gewoon mijn eerste roman,' glimlachte hij.

'Ik meende wat ik zei. Ik vind het leuk dat je voorzichtig bent met je fantasieën en je lichaam. Als er maar één ding is dat ik je kan leren, zou het zijn om niets stoms met je lichaam te doen. Respecteer jezelf. Dat is het belangrijkste dat ik een jonge vrouw als jij kan leren. '

Op dat moment voelde Samantha iets voor de juf.

Ze voelde het in haar hoofd, in haar hart en tussen haar benen.

Zij wist

En de leraar zag wat hij ervan moest denken.

TWEEDE DEEL
DE FOTO'S

HOOFDSTUK I

Een paar weken gingen voorbij.

Met het succes van de kunstgalerie vroeg de fotograaf Samantha om terug te keren naar de studio voor meer foto's, en ze stemde daar graag mee in.

Het was zijn kans om aan de stress van het leven te ontsnappen en zich over te geven aan een fantasie.

Het geld dat hij ervoor zou krijgen, was ook prima.

Als garderobe droeg ze een kleine zwarte outfit die bestond uit een leren beha en slipje.

Hij droeg ook zwarte laarzen.

Ten slotte droeg hij vooral het kleine zwarte masker.

God verhoede dat iemand ze herkende.

Toen ze haar outfit en masker aantrok, was Samantha opgewonden toen ze zich voorbereidde op de fotoshoot.

Op een vreemde manier begreep ze de behoeften van verslaafden.

Dat was zijn verslaving.

Iets waar hij emotioneel en fysiek naar verlangde.

Toen ze klaar was, ging ze naar de studio waar de fotograaf zijn camera aan het voorbereiden was.

De lichten, accessoires en achtergronden waren al op hun plaats.

Ze hadden hun gebruikelijke gesprekken en grappen.

Samantha sprak haar dankbaarheid en geluk uit dat de andere portretten goed waren verkocht.

De fotograaf wees erop dat alles aan haar te danken was.

'Gaan we verder waar we gebleven waren?' vroeg de fotograaf, terwijl hij de camera in zijn hand hield, met de riem om zijn nek.

"Eigenlijk wil ik vandaag iets anders proberen."

Hij leek ervoor open te staan.

'Heb je iets aan je hoofd?'

'Niet echt. Ik weet het niet. Maar ik voel me wat avontuurlijker.'

Hij dacht even na.

'Wat dacht je ervan om meer huid te laten zien? Ik weet dat je je altijd zorgen hebt gemaakt, maar meer huid helpt meestal bij de verkoop.'

Na een korte aarzeling trok Samantha de linkerkant van de beha naar beneden om haar kleine roze tepel gedeeltelijk bloot te leggen.

"Wat is ermee?" Zij vroeg.

Hij bleef professioneel.

'We kunnen het zo doen. Zeker. Hoe zit het met slavernij? Zoals vroeger?'

'Handen achter mijn rug deze keer. En op mijn knieën. Ik hou ervan hoe kwetsbaar ik eruitzie.'

'Zit er vandaag iets in je koffie?' hij maakte een grapje.

'Laat los. Het enige dat gebeurt, is dat ik een vrouw ben die een idee heeft.'

'Wat je ook zegt. Ik hou van dat idee. Laten we daarmee beginnen. Ik bind je polsen van achteren vast.'

De fotograaf liet de camera zakken en hing hem om zijn nek.

Toen ging hij voor de touwen.

Samantha draaide zich om en legde haar handen op haar rug.

Voordat hij de touwen voor haar bond, hield ze hem tegen.

"Wacht, wacht even."

Samantha reikte naar voren en liet ook de rechterkant van haar beha een beetje zakken, waardoor haar twee kleine roze tepels zichtbaar werden.

Daarna legde hij snel zijn handen weer op zijn rug.

'Oké, nu ben ik er klaar voor,' zei ze.

De fotograaf bond het touw vast en legde een knoop en voegde zich bij Samantha's handen.

Dit gaf haar een vreemd gevoel van voldoening, vooral nu haar tepels zichtbaar waren.

'Nu zijn we klaar om te gaan. Geef me een pose. Aangezien je vandaag avontuurlijk bent, laat ik je improviseren. Doe wat je wilt.'

Samantha confronteerde de fotograaf, die een paar stappen achteruit deed en begon met fotograferen.

Het maakte haar raar dat een man foto's zou maken van haar blote tepels terwijl haar handen vastgebonden waren.

Het was zo opwindend en ze voelde een geroezemoes tussen haar benen en een tintelend gevoel in haar tepels.

Hij kon niet veel met zijn armen doen.

En ze was eraan gewend om instructies te ontvangen tijdens het modellenwerk.

Het begin was dus een beetje lastig.

Beetje bij beetje raakte hij eraan gewend door zijn schouders, heupen en voeten te bewegen om verschillende houdingen te vormen.

Toen knielde hij neer.

Een kwetsbare houding.

Hij nam verschillende foto's vanuit verschillende hoeken.

Ze rolde op haar zij.

Hij nam meer foto's van haar.

Ze rolde zich om en drukte haar buik en tepels op de grond.

Hij nam foto's van haar kont.

Toen rolde ze op haar rug, handen op haar rug gebonden, tepels in de lucht.

Hij nam meer foto's van haar en kreeg een adrenalinestoot.

Godzijdank voor het masker dat hem in staat stelde zijn identiteit te behouden toen deze afbeeldingen in verschillende kunstgalerijen werden gepubliceerd, gezien door god weet hoeveel mensen.

Exhibitionisme was een vreemde emotie voor haar.

Maar niet zozeer als onderwerping.

HOOFDSTUK II

Na een korte masturbatiesessie in haar slaapkamer waste Samantha haar handen en ging in haar bed zitten.

Ze zat rechtop met haar rug tegen het kussen en de laptop op haar schoot.

Vers van de fotoshoot was ze gewapend met nieuwe emoties en ervaringen, wat perfect was voor een amateurschrijver zoals zij.

Hij opende het tekstverwerkingsprogramma en zette zijn schrijftaak voort, die ook de basis zou vormen voor zijn eerste roman.

Ik had meerdere pagina's klaar.

Tijdens het schrijven van Samantha kwam ze een obstakel tegen.

Hij vroeg zich af hoeveel van zijn persoonlijke leven hij zou gebruiken.

Hij vroeg zich af hoeveel het personage in het verhaal zou verkiezen om te verkennen.

En wat onderzoeken?

Samantha's fantasie was seksuele onderwerping.

Dat was waar ze altijd naar had verlangd.

Ze wilde dat.

Maar als je dat in het boek zet, zullen je familie en vrienden je innerlijke gedachten ervaren omdat ze het allemaal zouden lezen.

Je zou je afvragen of Samantha een puur fictief verhaal aan het schrijven was, of dat ze haar eigen wensen uitte en het boek gebruikte als communicatiemiddel.

Het was het dilemma van de schrijver.

Gelukkig kende ze de man met wie ze erover kon praten.

Hij opende zijn Gmail-account en ontdekte dat hij twee e-mails had.

De ene van een vriend, de andere van de fotograaf die zojuist de laatste foto's had gemaild die ze eerder die dag samen hadden gemaakt.

Maar dat was op dit moment niet belangrijk.

Ze schreef een bericht met een directe koptekst: kunnen we afspreken?

"Hallo leerkracht,

Ik hoop dat je goed bent. De voortgang van mijn schrijftaak is gestaag, maar ik ben op een wegversperring gestuit met betrekking tot het verhaal.

In het bijzonder heb ik problemen met hoeveel van mijn persoonlijke leven ik in mijn leven moet opnemen. En ja, ik verwijs naar het onderwerp dat we een paar weken geleden in uw kantoor bespraken. Ik weet zeker dat je begrijpt hoe ik me hierdoor zou moeten voelen.

Help me alstublieft!

Samantha "

Hij heeft het bericht gestuurd.

Ze las vervolgens de e-mail van haar vriend en stuurde snel een antwoord.

Ten slotte opende hij de e-mail van de fotograaf, die een korte opmerking en een bijlage met in totaal achtenzestig afbeeldingen bevatte.

Ze downloadde het bestand en bekeek snel de foto's.

Het was een beetje onwerkelijk om jezelf zo te zien.

Handen op zijn rug gebonden.

Het masker dat zijn identiteit verborg.

En haar tepels blootgelegd.

De foto's van haar op haar knieën en op haar rug waren opwindend.

Liefhebbers van erotische kunst zouden dergelijke foto's zeker kopen bij de volgende tentoonstelling op kunsttentoonstellingen.

Ze waren briljant gedaan, dacht Samantha.

Hij vroeg zich even af of hij dezelfde foto's naar de professor moest sturen.

Misschien wil hij haar ook zien.

Hij begrijpt duidelijk Samantha's keuzes, die ze ten zeerste waardeerde.

Deze afbeeldingen waren ook enigszins relevant voor haar schrijfopdracht, omdat ze uitingen waren van haar eigen seksualiteit en verkenning.

Samantha schreef nog een e-mail met een korte koptekst en een kort bericht voor de leraar.

Hij voegde de achtenzestig foto's die de fotograaf die dag had gemaakt bij het bestand.

Hij stuurde zijn leraar meer foto's van slavernij, maar deze keer was het opzettelijk, niet per ongeluk zoals voorheen.

Zijn vinger bleef op de verzendknop in de e-mail.

Ze aarzelde.

Vervolgens heeft hij de e-mail volledig verwijderd.

Wat zou de professor denken als ze hem nog meer bondagefoto's zou sturen?

Ze heeft hem waarschijnlijk uitgelachen, dacht ze, toen hij haar vertelde dat de andere man een vergissing was.

Of dat ze wanhopig probeerde hem te verleiden.

Er is een e-mail ontvangen.

Het was een antwoord van de professor:

"Natuurlijk ben ik morgen om negen uur vrij. Ik geef 's ochtends om tien uur een andere klas, dus de tijd is beperkt.

Stuur me je verhaal. Ik lees het vanavond en we kunnen het morgen bespreken.

Leraar "

Dingen waren in beweging en de wielen waren in beweging.

Ze antwoordde per e-mail met een bijlage bij haar verhaal.

Ze vroeg zich af wat hij zou denken.

HOOFDSTUK III

De volgende ochtend.

De deur naar het kantoor van de professor stond open.

Zoals altijd leek hij te werken en keek hij naar wat papieren op zijn bureau.

Samantha had zich net zo gekleed als de laatste keer dat ze elkaar ontmoetten.

Enigszins casual, maar stijlvol. Niet erg sexy, niet te preuts.

Ze wilde niet de verkeerde signalen afgeven, vooral niet waar ze ruzie mee zouden krijgen.

Nadat de leraar op de deur had geklopt, zag hij de student en nodigde haar uit om binnen te komen.

Ze wisselden een paar grappen uit terwijl ze tegenover hem aan het bureau zat.

Natuurlijk hadden ze vaak in de klas gesproken, maar een besloten bijeenkomst was altijd bijzonder.

'Heb je alles gelezen?' Zij vroeg.

'Dat deed ik. En ik vond het erg leuk,' antwoordde hij. 'Een solide baan. Je hebt een goed talent. Ik denk dat je kracht als schrijver je realisme is. De personages hebben een grote diepgang.'

De trots barstte los in Samantha, maar ze wist het te bedwingen.

'Bedankt. Ik heb er veel over nagedacht.'

'Dat weet ik zeker. Als schrijfopdracht is dit waarschijnlijk een baan op A-niveau,' legde hij uit. 'Maar daar ben je toch niet tevreden mee? Je wilt schrijver worden.'

"Zo is het."

De leraar haalde wat papieren tevoorschijn.

'Ik heb enkele aantekeningen gemaakt die ik met je wilde bespreken. Dit zijn eenvoudige voorbeelden om je beschrijvingen en zijverhalen uit te breiden, zodat je een goed boek kunt afmaken. Ik verwacht echter niet dat je dat nu doet. Eerlijk gezegd.' Als elke student me een lange roman zou overhandigen, zou ik verslonden zijn bij het lezen. '

Samantha pakte de papieren en haar ogen lazen snel de aantekeningen.

"Dat is ongelooflijk. Dank je."

'Je hoeft me niet te bedanken.'

'Doe je dit voor alle studenten?' Zij vroeg.

"Alleen voor studenten die romanschrijver worden en die extra kritiek willen. Ik sta altijd klaar om hierbij te helpen."

'Heb je ooit met een student geslapen?' vroeg hij botweg, de mogelijke gevolgen negerend.

"Waarom vraag je me dit?"

"Ik doe karakteronderzoek voor mijn schrijfopdracht."

Hij glimlachte.

'Is dat zo? Je bent een heteroman, wist je dat?'

'Verlegen meisjes kunnen zo niet naar school. Dat is zeker.'

'Daar heb je waarschijnlijk gelijk in.'

"Dus wat is het antwoord?"

"Ik heb het een paar jaar geleden met een student gedaan", antwoordde hij. 'Maar vergeet niet dat ik geen stalker was. Ik heb nog nooit een student gestalkt.'

"Dus hoe is het gebeurd?"

'Laten we zeggen dat we een gemeenschappelijke vriend hadden en we ontmoetten elkaar op een feestje. Een swingersfeestje. We hadden allebei dezelfde interesses. Ze was een fervent onderdanige. Ik was een doorgewinterde meester. De rest kun je je voorstellen.'

"Interessant."

'Staat dat echt in je verhaal?'

'Waarschijnlijk', antwoordde ze. "In mijn verhaal gaat de jonge vrouw een relatie aan met een veel oudere man die veel meer levenservaring heeft."

'Ook leuk, hoop ik.'

"O ja."

"Nu we het er toch over hebben, je hebt in je e-mail iets gezegd over hoe je je persoonlijke leven in je verhaal kunt opnemen."

Samantha knikte.

"Dat klopt. Mijn hart en geest willen het verhaal in dezelfde richting sturen. Het punt is, die richting heeft betrekking op seks. De meeste jonge mensen gaan door deze fase waarin ze gewoon seks en de verkenning van schoonheid willen ontdekken. Ik." denk dat het daarom overgaat in mijn schrijven. "

'En je bent bang dat mensen je zullen beoordelen op de inhoud van je verhaal.'

'Precies. Heb je hetzelfde meegemaakt met je boeken?'

'Tuurlijk. Maar het is anders. Ik ben een man. Je bent een jonge vrouw. De maatschappij heeft andere normen voor ons als het om seks gaat. Maar als je hier een antwoord van mij over wilt, dan spijt het me, dat kan.' geef je geen antwoord. Dit moet van jou zijn. Dit is jouw kunst, jouw verhaal, niet de mijne. "

Samantha dacht even na en knikte.

"Kan ik je wat laten zien?"

"Van nature."

"Wacht even."

Samantha pakte haar mobiele telefoon en doorzocht haar foto's.

Toen gaf hij de professor zijn mobiele telefoon.

'Ze zijn van een fotoshoot die ik gisteren heb gemaakt,' zei hij. 'Ik heb het je gisteren bijna gestuurd, maar ik vond het niet gepast.'

Hij controleerde de expliciete afbeeldingen.

'Dus waarom denk je dat het nu gepast is?'

'Omdat ik je mening waardeer. En ik wilde je laten zien dat ik je advies van de vorige keer heb opgevolgd. Je zei dat ik mijn lichaam moest respecteren. Nou, dat deed ik. Dat doe ik. Deze poses waren mijn idee

. Dit is mijn fantasie en mijn seksuele expressie. Als een gezonde jonge vrouw. "

De professor keek weer naar de foto's aan de telefoon.

'Je ziet er beslist uit als een gezonde jonge vrouw.'

Hij gaf haar de telefoon terug en Samantha stopte hem weg.

"Mag ik je een persoonlijke vraag stellen?"

'Waarom niet? We zijn al persoonlijk.'

Ze slikte.

'Wat zou je als meester met je onderzeeboot doen als ze in deze positie zat? Op haar knieën met vastgebonden handen.'

"Is er een specifieke reden die u wilt weten?"

'Ik ben gewoon nieuwsgierig. Het zal me helpen om huiswerk te schrijven, omdat ik zou begrijpen wat een echte meester zou doen in deze situatie.'

Hij dacht even na.

Misschien dacht hij eraan wat hij ging doen.

Misschien vroeg hij zich af of hij het wel of niet moest zeggen.

Samantha wist het niet.

Ten slotte gaf de professor zijn antwoord:

'Ik zou je nek trainen.'

Ze was even verrast.

"Ik, ik denk dat je bedoelt ..."

'Diepe keel. Sorry voor de taal, maar dat zou ik doen. Het is het meest voor de hand liggende in deze positie, nietwaar? Je zit op je knieën. Met je handen op je rug gebonden, kun je mijn mond niet weerstaan. "

Samantha voelde haar kutje samentrekken.

"Dat is zeker logisch."

"Nou, zo creëer je een goed verhaal. Je stelt je alle scenario's voor en wat er daarna zou gebeuren. Hoe de verschillende personages in elke situatie zouden reageren. Zo zou je moeten denken."

"Ik weet."

Hij trok een wenkbrauw op.

'Je lijkt meer van je hele verhaal te hebben dan je me hebt gemaild.'

'Ik heb alles naar hem gestuurd,' zei hij met een speelse uitdrukking. "Ik heb ook veel ideeën, maar ik heb ze nog niet geschreven. Ik moet de angst overwinnen dat mensen mijn gedachten zullen kennen."

"Auteurs kunnen de grenzen niet overschrijden als ze zich zorgen maken over wat mensen denken. Dat is zeker."

'Heb je daar tips voor?' Vroeg hij met een ietwat hoge stem, alsof hij iets suggereerde.

"Nou, ik heb al mijn romans op dezelfde manier geschreven, om het best mogelijke verhaal te produceren dat ik wilde vertellen, en in de hoop dat mensen ze graag zouden lezen."

"Klinkt logisch."

"Maar ik zal het je niet aanbevelen, gezien de aard van wat we hebben besproken," voegde hij eraan toe. "Het moet jouw beslissing zijn wat voor soort verhaal je gaat vertellen, hoe eerlijk het is en hoeveel seks je opneemt."

'Wat als ik de grens wil overschrijden?'

'Dat is jouw beslissing. Maar zoals ik al zei, wees niet dom. Deze wereld is vol met mensen die je voor seks willen gebruiken.'

"Wat als ik gebruikt wilde worden? ""

De professor keek haar recht in de ogen.

Ze keek hem aan.

Geen van hen was onwetend.

Ze wisten precies wat er door elkaars hoofden ging.

'Ik ben te oud voor spelletjes, Samantha,' zei de professor. "Ik ben al vrijgevig geweest met mijn tijd en feedback. Dus als je iets meer van me wilt, speel dan niet rond, wees gewoon een volwassen vrouw en zeg het."

Samantha voelde haar borstkas strak trekken.

Ze ademde harder in en uit.

'Wil je me helpen? Wil je het me leren?' Zei hij zelfverzekerd.

'Wat precies laten zien?' vroeg hij scherp, als een leraar die een slechte leerling beledigt omdat hij te vaag is. "Wees duidelijk."

"Wil je mijn meester zijn?"

"Deze keuze is een geschenk", zei hij. "Je moet zorgvuldig kiezen."

Ze haalde diep adem.

'Heb ik net een vreselijke fout gemaakt? God, ik ben een idioot. Het spijt me zo. Alsjeblieft, ik smeek je, laat dit onze academische relatie niet verpesten. Ik wil echt met je blijven werken.'

"Ben je luid als je orgasmes hebt?" vroeg hij botweg.

"We vinden het jammer?"

'Het is een simpele vraag. Ik denk dat je me goed hebt gehoord.'

Ze schraapte haar keel.

"Ik ben bijna normaal. Maar het hangt natuurlijk allemaal af van mijn humeur en mijn gevoelens."

"Til je shirt op en dan je beha om je tepels te laten zien, zoals op deze foto's."

Het was het moment van de waarheid.

De eerste keer dat Samantha zich aan een man onderwierp.

Hij tilde zijn zorgvuldig gestreken overhemd op en liet zijn blote buik zien.

Dan hoger om haar witte beha te onthullen die haar ietwat gestoorde borsten bevatte.

Toen tilde ze haar beha op en onthulde haar kleine roze tepels.

'Is dat jouw idee om mij te domineren?' vroeg ze, hem bijna uitdagen om meer te doen.

'Het is een begin. Wil je verder gaan?'

"Ja."

'Speel met je tepels. Knijpen. Knijpen. Ik zou het leuk vinden als je het doet.'

Samantha gehoorzaamde de leraar.

Ze kneep en kneep in haar kleine roze tepels terwijl ze elkaar in de ogen bleven kijken.

"Is dat mijn inwijding?" Zij vroeg.

'Niet echt. Nog niet.'

Ze bleef haar tieten strelen.

"Het is niet?"

"Ten eerste moet ik zien hoe dapper je bent. Een fotoshoot is één ding, het echte leven is iets anders", zei hij. "Open je broek. Speel met je blote vagina voor mij. Precies daar. Kom tot een orgasme, maar doe rustig aan. Dan bespreken we hoe je je grenzen verder kunt verleggen."

Ze knoopte haar broek los.

"Ik kan het doen."

'Voelt u zich er ongemakkelijk bij?'

'Het is een beetje vreemd,' antwoordde ze met een lichte schouderophalen. "Maar het is spannend."

Met haar broek losgeknoopt, liet ze haar rechterhand over haar slipje glijden en wreef ze over haar klit.

Ze hielden oogcontact terwijl ze masturbeerde alsof het een uitdaging was.

"Wat denk je?" Ik vraag.

"Wil je het echt weten?"

"Ja natuurlijk."

Samantha bleef spelen met haar clit.

'Ze doen allebei samen een fotoshoot. Een bondage-shoot.'

"Wat zullen we doen?"

'Je zou me vastbinden. Dan zou je mijn nek trainen.'

"Hard of zacht?"

Ze lachte.

'Waarom vertel je het me niet?'

"Ik ben altijd aardig," antwoordde hij, terwijl hij zag hoe zijn student voor hem masturbeerde. "Ik neem liever mijn tijd en ga langzaam. Als ik je deepthroat, zou het vreemd romantisch zijn. Ik zou heel langzaam gaan. Zorg ervoor dat je de juiste hoeveelheid kunt nemen. Als je eraan gewend bent, zou het iets zijn ga sneller, een beetje harder ".

Samantha wreef sneller over haar klitje en luisterde naar haar leraar.

Ze stelde zich het scenario voor dat hij vertelde toen hij sprak.

"Oh god," hijgde hij, sneller over zichzelf wrijvend.

'Ik denk dat je klaar bent om onderdanig te zijn. En misschien wil ik je meester zijn.'

Samantha hapte weer naar adem toen ze een climax bereikte.

Er was geen schaamte of gelijkenis toen ze kwam en de professor in de ogen keek.

Hij was even bijna buiten adem toen zijn lichaam zich spande en toen liet hij los.

Ze huiverde een beetje toen het allemaal voorbij was.

De leraar stond op en liep naar de student die nog steeds herstellende was van haar orgasme.

'Goed gedaan,' zei hij.

De lerares deed Samantha's beha aan en stopte haar borsten om haar tepels te bedekken.

Toen liet hij haar shirt zakken en zorgde ervoor dat het mooi en netjes was.

Toen hielp hij haar haar broek dicht te knopen.

Toen de lerares Samantha aantrok, zag ze er gloednieuw uit, met een heldere uitdrukking en ietwat vochtige vingertoppen.

"Wat is het volgende?" Zij vroeg. "Voor ons."

'Volgende? Ik heb binnenkort les. Ik moet gaan. En als ik me niet vergis, heb jij binnenkort ook les.'

"Ik heb het gedaan."

"Wil je elkaar nog een keer ontmoeten?"

Ze knikte.

"Dat wil ik."

'Gewoon om je schrijfopdracht te bespreken?'

Ze aarzelde met trillende stem.

"Ik wil, weet je, doorgaan. Mijn opleiding. Deze ervaring is nuttig in mijn schrijfproces."

"En wat nog meer?"

Ze wist precies wat de juf wilde horen.

'En dat vind ik heel spannend', antwoordde ze eerlijk. 'Het is mijn grote fantasie. Ik kwam voor je en dacht aan je. Ik wil je onderdanig zijn.'
'Maandag. Kom' s ochtends om zeven uur naar mijn kantoor. '
"Waarom zo vroeg?"
'Als je per ongeluk schreeuwt, wil ik niet dat iemand het hoort.'
Samantha's ogen werden groot en haar kutje klemde zich op elkaar.

HOOFDSTUK IV

In het weekend nam ze deel aan een andere fotoshoot met dezelfde fotograaf.

In dezelfde studie.

Met dezelfde accessoires.

De beelden waren riskanter toen ze vertrouwd raakte met haar onderdanige seksualiteit en voorkeuren.

Ze vroeg om de snaren aan te halen.

Ze wilde proberen te voelen hoe het was om echt onderdanig te zijn.

En dat is precies wat ze deed.

Het eindresultaat was erg erotisch maar met goede smaak gedaan.

Samantha lag weer op haar knieën, polsen voor haar vastgebonden en een zwart masker op haar gezicht.

Tijdens de fotoshoot straalde ze in alle fysieke uitdrukkingen die ze uitvoerde een hoog niveau van sensualiteit uit omdat ze constant dacht dat de leraar haar aan het trainen was.

Terug in de slaapkamer typte Samantha met grote intensiteit op haar laptop en zat ze op haar bed in haar favoriete typepositie, met haar rug tegen het kussen.

Zijn kamergenoot, Vicky, lag op het naastgelegen bed en droeg alleen een T-shirt.

Toen Vicky haar lichaam strekte, werd haar kutje blootgelegd, maar ze waren inmiddels allebei aan elkaars lichaam gewend.

'Je hoeft alleen maar te schrijven,' zei Vicky. 'Verveel je je nooit van dat ding?'

Samantha bleef schrijven.

"Onder geen omstandigheid."

'Je zult dit semester waarschijnlijk goede cijfers halen voor alles wat je hebt geschreven. Kom op, laten we hamburgers en shakes gaan eten.'

'Ik moet op mijn dieet letten.'

"Eet dan gewoon de burger en sla de shake over."

Samantha zweeg even en keek naar haar kamergenoot.

'Het is geen slecht idee. Het is te lang geleden dat ik voor het laatst een hamburger heb gegeten.'

'Mijn cadeau. En ik ken de plek precies,' zei Vicky terwijl ze uit bed sprong.

Samantha stond op het punt haar laptop te sluiten toen ze zich iets herinnerde.

Ze zocht de foto's.

'Wacht, kan ik je heel snel iets laten zien?'

Vicky liep erheen en bekeek de expliciete afbeeldingen op de laptop.

Foto's van een gedeeltelijk naakte Samantha op haar knieën, met vastgebonden polsen en opvallende sensuele poses.

'Verdomme,' riep Vicky uit. "Ben je het echt?"

"Ja."

"Ik had geen idee dat je zo zou kunnen zijn ..."

"Sekssymbool?" Grapte Samantha. 'Ik probeer deze pagina verborgen te houden.'

Vicky lachte.

'Nou, wat je ook doet, ga zo door. In dit tempo heb je niet eens een universitair diploma nodig, je zou een professioneel model kunnen worden.'

"Ik geef de voorkeur aan mijn huidige professionele carrière."

'Wat voor jou ook werkt. In de tussentijd heb ik honger. Laten we ons aankleden.'

Samantha zag haar kamergenoot naar de kast lopen, haar shirt uittrekken en haar helemaal naakt achterlaten.

Zoals altijd was Samantha een beetje onder de indruk dat Vicky gezegend was met grote, opvallende tieten op de borstafdeling, maar Samantha probeerde niet jaloers te zijn.

Ze voelde zich ook een beetje schuldig omdat ze haar kamergenoot niet had verteld over de situatie met de leraar.

Sinds de middelbare school zijn ze overal eerlijk in geweest, vooral de jongens.

Ze hielden nooit geheimen voor elkaar.

Maar dat was anders.

De lerares liet Samantha beloven het aan niemand te vertellen, en Samantha hield altijd woord.

Voordat Samantha uit bed kwam, opende ze snel haar Gmail-account en schreef ze een bericht voor haar leraar.

Ze nam de laatste versie van haar schrijfopdracht op.

Daarna voegde hij de laatste foto's toe van de slavernij die hij die dag had gemaakt.

Slim.

Samantha legde de laptop weg, kleedde zich uit en kleedde zich uit naast haar kamergenoot.

Ik moest dringend iets eten vol calorieën.

DERDE DEEL
DE TOUWTJES

HOOFDSTUK I

Tegen de tijd dat ze maandagochtend arriveerde, maakte Samantha zich niet langer zorgen over haar outfit of uiterlijk.

Niet zoals de andere keren dat hij de professor had ontmoet.

Ze was er al aan gewend de leraar privé te zien en had al voor hem gemasturbeerd.

Ze droeg een eenvoudige blouse, paardenstaarthaar en lichte make-up op haar gezicht.

Het was te vroeg om nog iets anders aan te trekken.

Er waren ook de korte instructies die de leraar hem de avond ervoor had gemaild.

Hij vroeg haar om een korte rok te dragen en geen slipje.

Een verzoek dat ze graag wilde vervullen, ook al had ze geen idee wat er ging gebeuren.

De professor arriveerde rond dezelfde tijd bij het gebouw.

Er was op dit moment van de dag bijna niemand in de buurt.

Ze droeg haar gebruikelijke kantoortas, waar meestal haar laptop en klasboekjes in zaten, en de sleutels om de deur van haar kantoor te openen.

Tegen die tijd was hun relatie informeel geworden en toen ze elkaar zagen, vroegen ze zich af over elkaars weekend.

Samantha had het gevoel dat ze een beetje flirterig met hem begon te worden, en de leraar was een stuk minder streng dan in de klas.

De professor deed de deur op slot zodra ze het kantoor binnenkwamen, wat ongebruikelijk was omdat hij hem nooit op slot hield als ze binnen waren.

Toen ze tegenover elkaar gingen zitten, veranderde het gesprek.

'Ik heb je document gelezen,' zei hij. 'En ik heb je foto's gezien.'

Dit maakte haar nerveus om de een of andere reden die ze niet kon verklaren.

Ze probeerde het feit te verbergen dat ze even friemelde, omdat ze hem geen zwakte wilde tonen.

'Wat vond je hiervan?'

"Ik denk dat je goed schrijft. De structuur van het verhaal is goed. Onberispelijke grammatica. Je hebt een goed begrip van de Engelse taal en ik vind het leuk dat je de beschrijvingen afwisselt. Het belangrijkste is dat het verhaal en de personages goed ontwikkeld zijn. Het voelt autobiografisch aan. Het leeft. Dat vind ik leuk. "

Op elk ander moment zou Samantha volkomen gevleid zijn geweest door de prijzen die ze zojuist had gekregen van een leraar die ze diep respecteerde.

Maar nu ze zonder slipje zat, was dat het laatste waar ze aan dacht.

"Wat vind je van de foto's?"

'Je bent een mooie jonge vrouw, Samantha,' zei hij. 'Dat is wat ik altijd van je dacht.'

'Je wilde dat ik hier om zeven uur' s ochtends kwam als er niemand anders in de buurt is. Je zei dat ik een rok moest dragen. En ik draag ook geen slipje. '

'Dus je kwam hier gewoon om je te laten trainen, toch?'

Ze knikte.

"Ben ik belachelijk?"

"Sta op en kijk vooruit."

Samantha stond op, trok haar shirt en rok aan om het er netjes uit te laten zien en keek voor zich uit.

De lerares stond ook op en benaderde haar, bekeek haar mooie jonge gezicht aandachtig en probeerde haar gezichtsuitdrukkingen te lezen.

Samantha's lippen leken samen te trekken.

Zijn lichaam was gespannen en stijf, maar er was een lichte glans in zijn ogen, alsof hij er lang op had gewacht.

'Ik vind je echt leuk Samantha,' zei hij. "Je bent slim, gemotiveerd, erg aardig en mooi."

'Bedankt,' zei ze bijna fluisterend.

'Ik moet je zeggen dat ik het leuk vind om meester te zijn. Ik neem dat heel serieus. En ik geef mijn bedienden altijd de grootste zorg.'

Knecht? Samantha vond het leuk waar dit naartoe ging.

'Ik begrijp het,' antwoordde ze.

'Hoe zit het met jou? Vanwege ons leeftijdsverschil en mijn positie op de universiteit, zullen we nooit kunnen daten. We zullen nooit romantisch kunnen worden. Vind je dat erg?'

'Ik kan een geheim bewaren. En ik heb het te druk om een vriendje te hebben.'

'Zo schattig dat Samantha op zoek is naar een meester? Uit pure seksuele behoefte, nietwaar?'

'Ik denk dat je het al weet,' zei hij zacht.

"Heb je erover nagedacht? Ik ben je eerste meester? Geef jezelf helemaal aan mij? Ik zal nooit halverwege gaan. Zodra je de mijne bent, zal ik met je doen wat ik wil. Ik zal je tot het uiterste drijven. Maar wanneer je wilt er een einde aan maken. het zal voorbij zijn. "

Samantha's kutje klemde zich vast.

'Dit is wat ik zoek. Ik heb altijd onderdanig willen zijn. En ik wil bij jou zijn.'

"Omdat ik?" hij vroeg.

Ze werd zenuwachtig.

'Vanwege je ervaring ermee. Ik hou ervan dat je zo voorzichtig bent. En ik hou van de manier waarop je denkt. Wie je bent. Ik hou van het hele leraar-leerling-gedoe. Ik hou van de beslissende kracht die je over mij hebt. "

'Pak je rok op.'

Samantha tilde haar rok op om haar keurig geschoren vagina en blote billen te laten zien.

Ze was zenuwachtig en haar handen trilden een beetje terwijl ze haar rok vasthield.

'Je bent persoonlijk mooier dan op foto's', zei hij.

"Heel erg bedankt."

'Buig nu voorover. Leg je handen op mijn bureau. Spreid je benen.'

Samantha gehoorzaamde.

"Wat ga je doen?"

"Ik ga je een groot plezier doen. Dit is voor je schrijfopdracht. Ik hou van waar je verhaal naartoe gaat. Maar er zijn een paar dingen die je moet leren. Als je goed wilt schrijven over een seksuele reis, dan wil ik dat je je leraar bent Doen. " Ervaring uit de eerste hand. "

Samantha's poesje tolde terwijl ze haar positie op het bureau vasthield.

Hij hield zijn ogen strak terwijl de professor zijn handtas uit zijn kantoortas reikte.

Hij had geen idee wat hij zocht, en hij wilde ook niet kijken.

Ik was te bang om te kijken.

Ze wilde de dingen gewoon laten gaan.

Zijn handen begonnen haar gladde billen en strakke dijen te wrijven.

'Wat een mooie benen,' zei hij. 'Ik ga een plug in je kont steken. Heb je die ooit gevoeld?'

Denk je dat ik het leuk zal vinden?

"Als je je ontspant en doet wat ik je vertel, zul je van veel dingen genieten."

De professor kneedde zijn kont als deeg.

Knijp stevig in en masseer.

Terwijl hij zijn billen spreidde, voelde Samantha zich erg bloot.

Ze wist dat hij diep in haar anus keek.

Toen liet hij het los.

'Het kan een beetje koud aanvoelen,' zei hij, terwijl hij een glijmiddel opende.

Samantha's lichaam kromp ineen toen de professor haar anus aanraakte met zijn besmeurde vingers, maar ze kreeg snel de controle terug en zweeg.

Zijn vingers omcirkelden haar anus voordat hij naar binnen duwde en haar rectum bedekte met het anale glijmiddel.

"Hou je van anale seks?" Ik vraag.

'Oh ja. Maar alleen als ik in een goed humeur ben. Zoals je kunt zien, ben ik daar een beetje geperst.'

'Het voelt zo. Ontspan nu, dit zal eerst een beetje ongemakkelijk aanvoelen, maar je zult er wel aan wennen. Ik beloof het.'

Nadat hij zijn vinger had weggetrokken, drukte de professor een plug tegen Samantha's anusring.

Het was tien centimeter.

Handzaam voor iedere dame.

Hij kneep lichtjes en de plug ging dankzij het glijmiddel door de ring van zijn anus.

Samantha's lichaam draaide zich om en hapte naar lucht, maar ze bleef kalm.

Hij duwde het totdat het er helemaal in zat.

De buttplug is ontworpen om tien centimeter in te passen. Daarna werd hij op een vlakke ondergrond tot stilstand gebracht zodat Samantha later zonder al te veel ongemak kon gaan zitten.

'Nu ga ik iets in je vagina inbrengen', zei hij. "Een kleine vibrator die alleen ik kan bedienen."

Samantha schudde haar kont.

"Ik ben overgeleverd aan uw genade."

"Brave meid."

De professor stak zijn hand in zijn kantoortas en haalde er een kleine vibrator van ongeveer vijf centimeter lang uit met een riem die vastgebonden kon worden.

Hij deed Samantha's dunne bruine lippen uit elkaar en onthulde haar roze spleetje.

Ze was nat, dus hij wist dat ze opgewonden was.

Toen drukte hij de vibrator tegen haar natte gaatje en kneep.

De toegang was gemakkelijk, vooral omdat Samantha's benen gespreid waren en haar seks aan stond.

Inch voor inch drong de vibrator Samantha's kut binnen.

Ze drukte haar hand op de tafel en genoot van het gevoel van de ingang, en ze genoot ook van het feit dat het de leraar was die het deed.

Nadat de kleine vibrator volledig was ingebracht, maakte de leraar de banden rond Samantha's benen en erachter vast totdat de vibrator volledig vastzat.

'Het maakt niet uit hoeveel dat kleine ding trilt, ik ga nergens heen.' zij dacht

'Ga nu maar zitten', zei de professor.

Samantha ging rechtop zitten, trok haar rok recht en leunde achterover in de stoel tegenover het bureau.

Het was een beetje lastig zoals ik had verwacht.

Het was mijn eerste keer dat ik een buttplug droeg en het was raar om te gaan zitten.

Zijn rectum was gestrekt en hij had het gevoel dat zijn kont al pijn deed.

De vibrator in haar kutje was ook een raar gevoel.

Ik heb nog nooit zoiets gevoeld.

Als er iets van deze grootte en vorm in haar kutje zat, lag Samantha meestal op haar rug of op handen en voeten en ging niet zitten.

Samen was het gevoel onwerkelijk.

Beide gaatjes waren gevuld met seksspeeltjes.

En er was een reden.

Hoe ongemakkelijk het ook was, het was ook seksueel opwindend.

'Dan bind ik je vast aan de stoel', zei hij.

Ze slikte.

"Ik kan het doen."

De professor bleef trouw aan zijn woord.

Er zaten blauwe touwtjes in zijn kantoortas die een gladde textuur leken te hebben.

Toen Samantha's linkerpols aan de bank was vastgebonden, zag ze dat ze gelijk had.

Het touw voelde zacht aan tegen haar kostbare huid.

De knoop die de leraar maakte, leek professioneel en correct.

En hij deed het met de perfecte druk.

Hetzelfde proces werd herhaald op zijn rechterpols.

Toen kwamen zijn enkels.

Ze zag hoe de leraar het proces vakkundig herhaalde met elk van haar enkels.

Ze keek hem aan en verwonderde zich over zijn capaciteiten.

Hij was beslist een volleerd meester, vooral als het om strijkers ging, dacht ze.

Geen wonder dat de professor begreep dat Samantha's bondagefoto's betekenden dat ze precies dezelfde fetisj had, dacht hij.

Tegen de tijd dat hij klaar was, was Samantha helemaal vastgebonden aan de stoel, met seksspeeltjes in haar kont en vagina.

Dit was een ander soort euforie dan het bijwonen van een fotoshoot.

Dat was het echte leven.

En hij was volledig overgeleverd aan zijn leraar, die hij diep bewonderde.

Hij leunde achterover tegen zijn bureau en keek naar zijn werk.

Samantha is vastgebonden aan de stoel.

'Ik wou dat je jezelf kon zien', zei de professor. 'Zo mooi, zo weerloos. De perfecte weergave van onderwerping.'

Ze knikte.

"Dank je."

'Verwachtte je dat? Hoe voel je je? Heb je daar spijt van? Is het vernederend? Vertel het me en wees specifiek.'

Ze verzamelde haar gedachten.

'Ik voel me levend. Alsof ik veilig bij je ben. Omdat ik weet dat je me nooit pijn zou doen. Dat is een troost. En ik vind het heerlijk om onder jouw controle te staan. Je seksuele controle. Ik geef mezelf aan jou. weet niet of ik het ooit volledig zou kunnen uitleggen. maar zo voel ik me. "

'Daar is het,' zei hij. 'Dit zijn de gedachten waar je aan moet denken om op een dag een groot schrijver te worden. Je zult een vrouw worden die op jezelf is afgestemd. Gedijen.'

"Ik wil het ook voelen."

'Ik ben je een stap voor,' zei hij, terwijl hij een klein apparaatje omhoog hield. "Deze knoppen sturen de vibrator in jou aan. Wat betekent dat ik nu je lichaam en geest bestuur. Wil je nog steeds de levensstijl ervaren waar je naar verlangd hebt?"

"Ja ..."

Zodra deze woorden aan zijn lippen ontsnapten, drukte de leraar op een knop die de vibrator activeerde.

Samantha's hele lichaam kromp ineen en haar gezicht trok een grimas.

Haar armen trokken onwillekeurig aan de touwen terwijl ze eraan trok, maar het mocht niet baten, de touwen waren te sterk.

"Dit is slechts de eerste stap", zei hij.

Het seksspeeltje bleef in haar kutje trillen.

"Oh god, dat voelt ... ik heb nog nooit zo'n vibrator gebruikt. Zo voelt het ..."

De leraar keek aandachtig toe hoe de leerling kronkelde terwijl ze op een andere knop drukte en de vibrator nog een niveau hoger zette.

Samantha keek buiten adem toen haar ogen groot werden en haar mond een O vormde.

Het leek alsof hij even buiten adem was toen de vibrator zijn magie deed.

"Dit is de essentie van onderwerping", zei de professor. 'Ik heb de volledige controle. Je bent helemaal verdwaald. En het is mijn plicht om je te laten komen. Nu hoef je je niet meer af te vragen hoe het is. Je ervaart het uit de eerste hand, nietwaar?'

Ze probeerde iets te zeggen.

"Ja ..."

"Wil je een orgasme krijgen?"

Ze knikte.

"Ja ..."

Zijn stem stopte toen de trilling overweldigend werd.

Toen drukte de professor op de schakelaar die de vibrator naar het hoogste niveau bracht.

Hierdoor trilde Samantha's hele lichaam en klemde haar handen samen.

Zijn billen drukten onwillekeurig tegen zijn billen.

Zijn ogen sloten zich en hij kreunde luid.

Toen Samantha huilde en schreeuwde, liet de leraar de vibrator zakken tot de eerste stap en Samantha kon kalmeren.

'Je bent te luid', zei de professor. 'We zouden zo betrapt kunnen worden op schreeuwen.'

"Het spijt me zo," antwoordde ze, zwaar ademend terwijl het seksspeeltje nog steeds in haar kutje zoemde. 'Het was zo intens. Ik heb nog nooit zoiets gevoeld.'

'Maar je wilt toch een orgasme krijgen?'

Ze knikte als een schattige puppy.

"Ja natuurlijk."

'Dan zal ik je op de een of andere manier moeten wurgen. Elke suggestie die ik in je mond kan stoppen om je kalm te houden?'

Het was een retorische vraag.

Ze wisten het allebei.

Samantha was slim genoeg om te begrijpen wat de professor suggereerde.

En ze hield ook van hem met heel haar hart.

"Je staart."

Hij glimlachte.

'Gewoon om je kalm te houden? Of wil je dat ik je mond train?'

'Ik wil getraind worden. Diep in mijn keel, precies zoals ik me had voorgesteld.'

"Brave meid."

De professor legde de afstandsbediening neer en begon zijn broek los te knopen.

Samantha keek met gretige ogen toe hoe de professor zich losmaakte.

Ze merkte dat hij bijna helemaal rechtop stond en dat zijn grootte behoorlijk indrukwekkend was.

Dat zette ze alleen maar meer aan.

Hij deed een stap naar voren, zijn staart bungelend voor Samantha's gezicht, de afstandsbediening weer in de hand.

"Ik ga mijn pik in je mond stoppen", zei hij. "Je gaat erop zuigen. En je gaat diep in de keel. Tegelijkertijd laat ik je klaarkomen op de vibrator. Begrijp je me?"

"Ja," knikte hij.

'Onthoud dat gevoel. Gebruik dit gevoel bij het schrijven. Misschien vind je het geweldig. Misschien haat je het. Maar je hebt het tenminste geprobeerd.'

'Ik wil het. Meer dan wat dan ook.'

Daarmee bracht de professor zijn staart naar Samantha's gezicht.

Ze deed haar mond open en accepteerde.

Het gleed tussen haar lippen en ze sloeg haar lippen om hem heen en zoog aan hem.

De professor hapte naar adem.

'Je mond is als een engel,' zei hij. "Blijf zuigen."

En Samantha deed het.

Ze zoog en schudde haar hoofd zo goed ze kon.

Hij kon alleen zijn nek heen en weer bewegen.

Ze werkte met haar lippen en haar tong.

Ze zoog goed op hem en zwaaide haar tong rond het puntje van zijn erectie.

Het was iets waarvan ze wist dat mannen er absoluut van hielden.

En ze vond het geweldig.

Ze hield er ook van om zijn pik hard in haar mond te voelen komen.

'Rustig maar,' zei hij. 'Ik ga dieper. Vecht er niet tegen.'

De professor legde een hand op Samantha's hoofd, stootte er zachtjes tegenaan en duwde zijn penis dieper.

Ze verslikte zich een beetje en toen liep hij achteruit.

Nu kende hij Samantha's mondelinge grenzen.

Het meisje had een normale misselijkheidsreflex.

Hij ging weer naar binnen, precies waar de weerspiegeling van Samantha's misselijkheid was, en daar kwam hij.

Hij wilde haar keel seksueel trainen, niet laten overgeven.

'Nu laat ik je komen,' zei hij. 'Ontspan je lichaam. Je bent nu onder mijn controle.'

De professor drukte op de knop en de vibrator keerde terug naar het hoogste niveau.

Samantha kronkelde in de stoel en werd als een slaaf behandeld.

Haar billen drukten de plug weer in haar kleine gaatje.

Zijn ogen tranen.

Zijn handen waren stevig vastgeknoopt.

Zijn vingers klemden zich vast in zijn schoenen.

Het kleine kantoor was gevuld met het geluid van de kleine maar krachtige vibrator die zijn magie in Samantha's natte poesje werkte.

Er waren ook geluiden van kokhalzen en gedempt gepiep in Samantha's mond.

Onzedelijk zuigt en zuigt geluiden.

'Blijf zuigen,' zei hij. 'Je kunt het allebei doen. Geniet ervan en krijg tegelijkertijd je orgasme.'

Samantha concentreerde zich weer op het zuigen van de lul van de professor.

Misschien worden hierdoor de extreme gevoelens in zijn onderwereld weggenomen, dacht hij.

Ze deed haar best om haar tong rond het lid te bewegen, maar het was moeilijk omdat zijn pik tot aan haar keel reikte.

Hij probeerde ook zo goed mogelijk met zijn lippen te werken.

Ze had nog nooit een man diep in haar keel gestopt, dus dit was een ongebruikelijke leerervaring voor haar.

Terwijl ze zoog, werden de sensaties in haar kutje een sterke intensiteit.

De druk groeide en groeide.

Dat gold ook voor de pijn die werd veroorzaakt door de aanhoudende trillingen, samen met de pijn in haar rectum en de pijn waar haar ledematen vastzaten.

Ze maakte een geluid dat werd gedempt door zijn staart.

"Sta je op het punt om klaar te komen?"

Zijn waterige ogen keken de professor aan.

Met hondenogen.

Ze knikte zo goed als ze kon zonder de professor zijn staart te bezeren.

De professor glimlachte.

'Kom me halen, lieverd. Ontspan je gewoon en laat het gebeuren.'

Samantha sloot haar ogen en concentreerde zich op het zuigen van zijn pik, die op haar keel zat, samen met de sterke gevoelens in haar subregio.

En ja hoor, het orgasme kwam.

Nu kon hij zijn vuisten en tenen niet meer vasthouden.

Zijn spieren ontspanden zich.

Zijn lichaam deed pijn.

Ze voelde een sterke ontlading in haar kutje.

De druk bereikte zijn hoogtepunt en het orgasme was onbegrijpelijk.

Toen hij aankwam, voelde hij zich bruisend.

Vloeistoffen spoten uit haar kut, bedekten de vibrator en maakten een puinhoop waar ze zat.

Gewoonlijk was ze bang voor de rotzooi die hij op haar schoot aan het maken was, omdat ze met dat orgasme door de gangen en over de campus moest lopen.

Maar dit was geen normaal moment, dit moment niet.

Het enige dat voor hem belangrijk was, was dat intense gevoel.

Verder was niets belangrijk.

Raak de natte rok.

Dit was het meest ongelooflijke orgasme van haar hele leven.

Ze ademde zwaar met haar ogen dicht.

Toen ontspande hij en zuchtte.

Op dat moment wist de leraar dat hij net klaar was met afspuiten.

Het had geen zin meer Samantha lastig te vallen, dus zette ze de vibrator uit.

'Het was prachtig', zei hij. 'Maar nu is het mijn beurt. Heb je nog energie?'

Ze keek op en knikte. Haar ogen huilden van het orgasme dat ze net had meegemaakt.

De professor wiegde met zijn heupen.

Voor de laatste act wilde hij haar mond en keel neuken en dat deed hij precies.

Ze bleef zuigen.

Toen zijn energie terugkeerde, werkte hij weer met zijn tong en lippen.

'Slik het door,' zei hij.

Hij hield Samantha's hoofd stil met één hand en streelde boos de schacht van zijn harde en woeste pik met de andere hand, terwijl het puntje van zijn erectie in Samantha's warme mond zat.

Samantha was er trots op dat ze Teacher zo hard maakte, en het werkte.

Hij zorgde ervoor dat ze zich sexy, begeerlijk en door hem gewild voelde.

Het orgasme schoot in de mond van de student.

Stroom na stroom sperma kwam in Samantha's mond, op haar tong en in haar keel.

Samantha slikte bij elke uitbarsting van sperma.

Het was iets wat ze graag deed, vooral nu voor de man die haar net dat gedenkwaardige orgasme had gegeven.

Ze genoot van de smaak en textuur van zijn zaad.

Hij proefde het in zijn mond.

Hij verdraaide het met zijn tong.

Dat zou ze niet snel vergeten.

Ze bleef zuigen totdat alles eruit kwam.

Toen het sperma stopte, zwaaide ze haar tong rond de kop van zijn pik en likte ze de opening.

Toen zijn lul zachter werd, liet hij hem uit zijn mond vallen en kuste ondertussen zijn hoofd gedag.

Samantha keek naar haar leraar die naar haar keek.

Hun ogen ontmoetten elkaar.

Er was een subtiel begrip tussen hen.

Ze wisten wat de ander dacht.

Samantha was een onderdanig meisje dat eindelijk haar fantasie mocht beleven.

En de leraar was een man die genoot van zijn liefde voor het onderwijzen van vrouwen.

"Dat is de ervaring van onderdanig zijn," zei ze. 'Nu weet je het. Doe wat je wilt met die kennis.'

'Ik vond het geweldig. Elke seconde,' zuchtte ze en nam even de tijd om te kalmeren.

'Ik ben blij dat je erachter bent gekomen wat je zocht. Als je een braaf meisje bent, kunnen we het nog een keer doen.'

Ze schonk hem een tedere glimlach:

'Beter. Omdat ik een lange roman schrijf.'

Terwijl de leraar de polsen van de leerling losmaakte, kuste hij haar zachtjes op het voorhoofd.

Hij was een meedogende meester.

En Samantha was een erg nieuwsgierige en vasthoudend onderdanige.

Natuurlijk zouden ze het nog een keer doen, dacht hij.

EINDE